書舟詞

程垓

小山詞

晏幾道

四庫全書宋詞別集叢刊 五

商務印書館

書舟詞

程垓

欽定四庫全書　集部十

書舟詞　詞曲類　詞集之屬

提要

臣等謹案書舟詞一卷宋程垓撰垓字正伯眉山人其家有擬舫名書舟見本集詞注古今詞話謂號虛舟蓋字之誤馬氏經籍考載垓書舟詞一卷傳本或作書舟雅詞二卷而宋史藝文志乃作陳正伯書舟雅詞十一卷

則又誤程為陳誤二為十一矣此本為毛晉
所刻仍作一卷前有王稱序與陳振孫書録
解題所載合序云尚書尤袤曾稱其文過於
詩詞令其詩文無可考而詞頗有可觀楊慎
詞品最稱其酷相思四代好折秋英數闋葢
垓與蘇軾為中表耳濡目染有自來也集內
攤破江神子娟娟霜月又侵門一闋諸刻多
作康與之江城梅花引詞僅字句小有異同

按此調相傳為前半用江城子後半用梅花引故合云江城梅花引令前半自首句至花又惱為江城子後全不似梅花引至過變以下更與兩調俱不合考詞譜載江城子一名江神子應以名攤破江神子為是詳其句格亦屬埃本色其題為康作當屬傳譌又卷末毛晉跋云意難忘一剪梅等俱定為蘇作卷行刪正今考東坡詞内已增入意難忘一首

而一剪梅尚未載入其詞亦仍載此集中未嘗刋削然數詞語意淺俚在垓亦非佳製可信其必非軾作晉之所云未詳其何所據也

乾隆四十九年四月恭校上

總纂官臣紀昀臣陸錫熊臣孫士毅

總校官臣陸費墀

書舟詞序

程正伯以詩詞名鄉之人所知也余頃歲遊都下數見朝士往往亦稱道正伯佳句獨尚書尤公以為不然曰正伯之文過於詩詞此乃識正伯之大者也今鄉人有欲刋正伯歌詞求余書其首余以此告之且為言正伯方為當塗諸公以制舉論薦使正伯惟以詞名世豈不小哉則曰古樂府亦文爾初何損於正伯之文哉余用是樂為書之雖然昔晏叔原以大臣子處富貴之極為

欽定四庫全書

靡麗之詞其政事堂中舊容尚欲其捐有餘之才豈未至之德者葢叔原獨以詞名爾他文則未傳也至少游魯直則已兼之故陳無已之作自云不減秦七黄九是亦推尊其詞爾余謂正伯為秦黄則可為叔原則不可

紹熙甲寅端午前一日王稱季平序

欽定四庫全書

書舟詞

宋 程垓 撰

摸魚兒

掩淒涼黃昏庭院角聲何處嗚咽矮窗曲屋風燈冷還是苦寒時節凝竚切念翠被薰籠夜夜成虛設倚闌愁絕聽鳳竹聲中犀幃影外簌簌釀寒輕雪 傷心處卻憶當年輕別梅花滿院初發吹香弄蕊無人見惟有暮

雲千疊情未徹又誰料而今好夢分吳越不堪重說但記得當初重門鎖處猶有夜深月

洞庭春色

錦字親裁淚巾偷裛細說舊時記笑桃門巷粧窺寶靨弄花庭榭香溼羅衣幾度相隨遊冶去任月細風尖猶未歸多少事有垂楊眼見紅燭心知　如今事都過也但贏得雙鬢如絲歎半粧紅荳相思有分兩分青鏡重合難期惆悵一春飛絮夢悠颺教人分付誰銷魂處又

梨花雨暗半掩重扉

南浦

金鴨嬾薰香向晚來春酲一枕無緒濃綠漲瑶窗東風外吹盡亂紅飛絮無言竚立斷腸惟有流鶯語碧雲欲暮空惆悵韶華一時虛度　追思舊日心情記題葉西樓吹花南浦老去覺歡踈傷春恨都付斷雲殘雨黄昏院落問誰猶在凭闌處可堪杜宇空只解聲聲催他歸去

水龍吟

夜來風雨匆匆故園定是花無幾愁多愁極等閑孤負一年芳意柳困花慵杏青梅小對人容易算好春長在好花長見元只是人顦顇　回首池南舊事恨星星不堪重記如今但有看花老眼傷時清淚不怕逢花瘦只愁怕老來風味待繁紅亂處留雲借月直須拚醉

四代好

翠幙東風早蘭窓夢又被鶯聲驚覺起來空對平階弱

絮滿庭芳草厭厭未欣懷抱記柳外人家曾到凭畫欄那更春好花好酒好人好　春好尚恐闌珊花好又怕飄零難保直饒酒好酒未抵意中人好相逢盡拚醉倒況人與才情未老又豈關春去春來花愁花惱

木蘭花慢 春怨

倩嬌鶯姹燕説不盡此時情正小院春闌芳園晝鎖人去花零憑高試回望眼奈遙山遠水隔重雲誰遣風狂雨横便教無計留春　情知雁杳與鴻冥自難寄丁寧

縱柳院闉深桃門笑在知屬何人衣篝幾回忘了奈殘香猶有舊時薰空使風頭卷絮為他飄蕩花城

念奴嬌 秋夕

秋風秋雨正黄昏供斷一窗愁絶帶減衣寛誰念我難忍重城離别轉枕褰帷挑燈整被總是相思切知他别後負人多少風月　不是怨極愁濃只愁重見了相思難説料得新來䰟夢裏不管飛來蝴蝶排悶人間寄愁天上終有歸時節如今無奈亂雲依舊千疊

閨怨無悶

天與多才不合更與殢人情分甚總為才情惱人方寸早是春殘花褪也不料一春都成病自失笑因甚腰圍半減淚珠頻搵　難省也怨天也自恨怎免千般思忖倩人說與又却不忍拚了一生愁悶又只恐愁多無人問到這裏天也憐人看他穩也不穩

八聲甘州

問東君既解遣花開不合放花飛念春風枝上一分花

減一半春歸忍見千紅萬紫容易漲桃溪花自隨流水
無計追隨　不忍憑高南望記舊時行處芳意菲菲嘆
年來春減花與故人非縱使梁園賦猶在奈長卿老去
亦何為空搔首亂雲堆裏立盡斜暉

滿庭芳 時在臨安晚秋登臨

南月驚烏西風破雁又是秋滿平湖採蓮人盡寒色戰
菰蒲舊信江南好景一萬里輕覓蓴鱸誰知道吳儂未
識蜀客已情孤　憑高增悵望湘雲盡處都是平蕪問

故鄉何日重見吾廬縱有荷紉芰製終不似菊短籬疎
歸情遠三更雨夢依舊遶庭梧

玉漏遲

一春渾不見那堪又是花飛時節忍對危闌數曲暮雲
千疊門外星星梹眼看誰似當時風月愁萬結憑誰為
我慇懃低説　不是慣却春心奈新燕傳情舊鶯饒舌
冷篆餘香莫放等閑消歇縱使繁紅褪盡猶自有酴醾
堪折䰟夢切不耐飛來蝴蝶

滿江紅憶别

門掩垂楊寶香度翠簾重疊春寒在羅衣初試素肌猶怯薄靄籠花天欲暮小風送角聲初咽但獨褰幽幌悄無言傷初别 衣上雨眉間月滴不盡顰空切羨棲梁歸燕入簾雙蝶愁緒多於花絮亂柔腸過似丁香結問甚時重理錦囊書從頭説

又

水遠山明秋容淡不禁揺落況正是樓臺高處晚涼猶

薄月在衣裳風在袖氷生枕簟香生幞算四時佳處是清秋須行樂　東籬下西窗角尋舊菊催新酌笑廣平何事對秋蕭索探葉聲聲深院宇折荷寸寸閒池閣待歸来閑把木犀花重薰却

又

葺屋為舟身便是煙波釣客況人間元似泛家浮宅秋晚雨聲蓬背穩夜深月影窗櫺白載滿船詩酒滿船書隨宜索　也不怕雲濤隔也不怕風帆側但獨醒還睡自

歌還歌卧後從教𩸞鱔舞醉來一任乾坤窄恐有時撑向大江頭占風色

雪獅兒

斷雲低晚輕煙帶暝風驚羅幙數點梅花香倚雪窗摇落紅爐對䛖正酒面瓊酥初削雲屏煖不知門外月寒風惡　迴還慵雲半掠笑盈盈閒弄寶箏絃索喚極生春已向横波先覺花嬌柳弱漸倚醉要人摟着低告託早把被香薰却

攤破江城子

娟娟霜月又侵門對黄昏怯黄昏愁把梅花獨自泛清樽酒又難禁花又惱漏聲遠一更更總斷魂　斷魂斷魂不堪聞被半溫香半溫睡也睡也睡不穩誰與溫存只有牀前紅燭伴啼痕一夜無眠連曉角人瘦也比梅花瘦幾分

蓦山溪

老來風味是事都無可只愛小書舟牘圍著琅玕幾個

呼風約月隨分樂生涯不羡富不憂貧不怕烏蟾墮
三盃徑醉轉覺乾坤大醉後百篇詩儘從他龍吟鶴和
升沉萬事還與本來天青雲上白雲間一任安排我

最高樓

舊心事說著兩眉羞記得凭肩遊緗裙羅襪桃花岸薄
衫輕扇杏花樓幾番行幾番醉幾番留 也誰料春風
吹已斷又誰料朝雲飛亦散天易老恨難酬蜂兒不解
知人苦燕兒不解說人愁舊情懷消不盡幾時休

瑶階草

空山子規呌月破黄昏冷簾幙風輕緑暗紅又盡自從别後粉銷香膩一春成病那堪晝閒日永　恨難整起来無語緑萍破處池光淨悶理殘粧照花獨自怜瘦影睡来又怕飲来越醉醒来却悶看誰似我孤另

上平曲　惜春

愛春歸憂春去為春忙旋點檢雨障雲妨遮紅護緑翠幃羅幙任高張海棠明月杏花天更惜濃芳　喚鸎吟

掐蝶拍迎柳舞倩桃粧盡呼起萬籟笙簧一觴一咏儘
教陶寫繡心腸笑他人世漫嬉遊擁翠偎香

孤雁兒

在家不覺窮冬好向客裏方知道故園梅子正開時記
得清樽頻倒高燒紅蠟暝薰羅幌一任花枝惱　如今
客裏傷懷抱忍雙鬢隨花老小窗獨自對黄昏只有月
華飛到假饒真個鴈書頻寄何似歸來早

又　有尼從人而復出者戲用張子野事賦此

雙鬟乍綰橫波溜記當日香心透誰教容易逐鷄飛輸却春風先手天公元也管人顛顛放出花枝瘦　幾宵和月來相就問何處春山鬭秖應深院鎖嬋娟枉却嬌花時候何時爲我小梯橫閣試約黃昏後

一叢花　閨怨　或刻御街行

傷春時候一憑闌何況别離難東風只解催人去也不道鸎老花殘青牋未約紅綃忍淚無計鎖征鞍　寶釵瑶鈿一時閑此恨苦天慳如今直恁抛人去也不念人

瘦衣寬歸来忍見重樓淡月依舊五更寒

祝英臺近晚春

墜紅輕濃緑潤深院又春晚睡起厭厭無語小粧嬾可堪三月風光五更寬夢又都被杜鵑催償　怎消遣人道愁與春歸春歸愁未斷閒倚銀屏羞怕淚痕滿斷腸沉水重薰瑶琴閒理奈依舊夜寒人遠

碧牡丹

睡起情無着曉雨盡春寒弱酒盞飄零幾日頓疎行樂

試敎花枝問此情何若為誰開為誰落　正愁却不是花情薄花元笑人蕭索舊觀千紅至今冷夢難託燕麥春風更幾人驚覺對花羞為花惡

小桃紅

不恨殘花嚲不恨殘春破只恨流光一年一度又催新火纔青天白日繫長繩也留春得麼　花院從敎鎖春事從敎過燒笋園林嘗梅臺榭有何不可已安排珍簟小匡牀待日長閒坐

紅娘子

小小閒窗低曲曲深屏裏一枕新涼半牀明月留人歡意奈梅花引裏喚人行若隨他無計　幾點清觴淚數曲烏絲紙見少離多心長分短如何得是到如今番下許多愁枉教人顦顇

天仙子

憽憽霜林冬欲盡又是溪梅寒弄影矮窗曲屋夜香燒人已靜燈垂燼點滴芭蕉和雨聽　約個歸期猶未定

一夜夢魂終不穩知他勾得許多情真個悶無人問說
與畫樓應不信

青玉案 用賀方回韻

寶林巖畔凌雲路記藉艸尋梅去詠緑書紅知幾度行
雲歸後碧雲遮斷寂莫人何處　一聲長笛江天暮别
後誰吟倚樓句匀面照溪心已許欲憑錦字寫人愁去
生怕梨花雨

芭蕉雨

雨過涼生藕葉晚庭消盡暑渾無熱枕簟不勝香滑爭奈寶帳情生金尊意愜　玉人何處夢蝶思一見氷雪須寫箇帖兒丁寧說試問道肯來麽今夜小院無人重樓有月

酷相思 惜別

月掛霜林寒欲墜正門外催人起奈離別如今眞箇是欲住也留無計欲去也來無計　馬上離情衣上淚各自供顦顇問江路梅花開也未春到也須頻寄人到也

須頻寄

漁家傲 彭門道中早起

野店無人霜似水清燈照影寒侵被門外行人催客起因個事老來方有思家淚　寄問梅花開也未愛花只有歸來是想見小喬歌舞地渾含喜天涯不念人顦顇

又

獨木小舟煙雨溼燕兒亂點春江碧江上青山隨意覓人寂寂落花芳草催寒食　昨夜青樓今日客吹愁不

得東風力細拾殘紅書怨泣流水急不知那個傳消息

攤破南鄉子

休賦惜春詩留春住說與人知一年已負東風瘦說愁説恨數期數刻只望歸時　莫怪杜鵑啼眞個也喚得人歸歸來休恨花開了梁間燕子且教知道人也雙飛

破陣子

小小紅泥院宇深深翠色屏幃簇定薰爐酥酒軟門外東風寒不知恰疑三月時　釵影半敧緑字歌聲輕度

紅兒醉裏不愁更漏斷更要梅花看幾枝起來霜月低

折紅英

即釵頭鳳正伯更名折紅英

桃花煥楊花亂可怜朱戶春强半長記憶探芳日笑凭郎肩殢紅偎碧惜惜惜　春宵短離腸斷淚痕長向東風滿憑青翼問消息花謝春歸幾時來得憶憶憶

一剪梅

舊日心期不易招重來孤負幾個良宵尋常不見儘相邀見了知他許大無聊　昨夜梅花揷翠翹影落清溪

應也䰟消假饒真個住山腰那個金章換得漁樵

又

小會幽歡整及時花也相宜人也相宜寶香未斷燭光低　莫獻盃遲莫恨歡遲　夜漸深深漏漸稀風已侵衣露已沾衣一盃重勸莫相違何似休歸何自同歸

又

斗轉參横一夜霜玉律聲中又報新陽起來無緒賦行藏只喜人間一線添長　簾幙垂垂月半廊節物心情

都付椒觴年華漸晚鬢毛蒼身外功名休苦思量

臨江仙 合江敫舟

送我南來舟一葉誰教催動鳴櫓高城不見水茫茫雲灣繞幾曲折盡九回腸　買酒澆愁愁不盡江煙也共淒涼和天瘦了也何妨只愁今夜雨更做淚千行

又

濃綠鎖窗閑院靜照人明月團團夜長幽夢見伊難瘦從香臉薄愁到翠眉殘　只道花時容易見如今花盡

春閑畫樓依舊五更寒可怜紅繡被空記合時歡

鳳棲梧 客臨安連日愁霖旅枕無寐起作

九月江南煙雨裏客枕凄涼到曉渾無寐起上小樓觀海氣昏昏半約漁樵市　斷雁西邊家萬里料得秋來笑我歸無計劍在牀頭書在几未甘分付黄花淚

又

有客錢塘江上住十日無居九日愁風雨斷送一春彈指去荷花又遶南山渡　湖上幽尋君已許消息不來

望得行雲暮芳草夢魂應記取不成忘却池塘句

又

門外飛花風約住消息江南已釀黃梅雨蜀客望鄉歸不去當時不合催南渡　憂國丹心曾獨許縱吐長虹不奈斜陽暮莫道春光難攬取少陵辦得尋花句

又南窗偶題

薄薄窗油清似鏡兩面疎簾四壁文書靜小篆焚香消日永新來識得閒中性　人愛人嫌都莫問絮自沾泥

不怕東風緊只有詩狂消不盡夜來題破窗花影

又 送子廉姪南下

九月重湖寒意早目斷黄雲冉冉連衰草慘別臨江愁滿抱酒樽時事都相惱聞道吳天消息好鴛鷺西池咫尺君應到若見故人相問勞為言未分書舟老

又 下十闋或另刻蝶戀花

日下舩蓬人未起一個燕兒說盡傷春意江上殘花能有幾風催雨促成容易 湖海客心千萬里著力東風

推得人行未相次桃花三月水菱歌誰伴西湖醉

又

滿路梅英飛雪粉臨水人家先得春光嫩樓底杏花樓外影牆東柳線牆西恨　擷翠揉紅何處問暎入眉峰已作傷春困歸路月痕彎一寸芳心只為東風損

又春風一夕浩蕩晚來柳色一新

寒意勒花春未足只有東風不管春拘束楊柳滿城吹又綠可人青眼還相屬　小葉星星眠未熟看盡行人

唱徹陽關曲心事一春何計續芳條未展眉先蹙

又 自東江乘晴過蓺顧渚園小飲

晴帶溪光春自媚繞翠縈青來約東風醉雲補斷山疎復綴雨回綠野清還麗 拄杖不妨舒容意臨水人家問有花開未江左風流今有幾逢春不要人顣頞

又

翠幙成陰簾拂地池館無人四面生涼意荷氣竹香俱細細分明着莫清風袂 玉枕如氷笙似水纔軃横釵

早被鸎呼起今夜月明人未睡只消三四分來醉

又

畫閣紅爐屏四向梅攤寒香次第侵帷帳燭影半低花影幌修眉正在花枝傍　殢粉偎香羞一晌未識春風已覺春情蕩醉裏不知霜月上歸來已踏梅花浪

又

樓角吹花煙月墮的皪韶妍又向梅心破釵上綵旛看一個賞心已覺春生坐　莫恨年華風雨過人日嬉遊

次第連燈火翠幄高張金盞大已拚醉袖隨香辮

又

小院菊殘煙雨細天氣淒涼惱得人顦顇被睽橙香羞早起玉釵一任慵雲墜　樓上珠簾鈎也未數尺遥山供盡傷高意竚立不禁殘酒味繡羅依舊和香睡

又 月下有感

小院秋光濃欲滴獨自鈎簾細數歸鴻翼鴻斷天高無處覓矮窗催暝蛩催織　涼月去人纔數尺短髮蕭騷

醉倚西風立愁眼望天收不得露華衣上三更濕

又

晴日溪山春可數水遶池塘知有人家住盡日尋花花不語舊時春恨還如許　苦恨東風無意緒只解催花不解催人去日晚荒煙迷古戍斷寬正在梅花浦

醉落魄 賦石榴花

夏園初結綠深深處紅千疊杜鵑過盡芳菲歇只道無春滿意春猶慳　折來一點如猩血透明冠子輕盈帖

芳心蹙破情尤切不管花殘猶自揀雙葉

又 別少城舟
宿黃龍

風催雨促今番不似前歡足早來最苦離情毒唱我新詞掩着面兒哭　臨行只怕人行遠慇勤更寫多情曲相逢已是腰如束從此知他還減幾分玉

又

晚涼時節翠梧風定蟬聲歇有人睡起香浮頰倚着闌干斜揀青荷葉　如今往事愁難說曲池依舊閒風月

田田翠蓋香羅疊畱得露痕都是淚珠結

南鄉子

幾日訴離樽歌盡陽闗不忍分此度天涯眞個去銷䰟相送黃花落葉村　斜日又黃昏蕭寺無人半掩門今夜粉香明月淚休論只要羅巾記舊痕

又

纔合又輕離心事多違小窗燈影記親移可奈酒酣花困處不省人歸　山翠又如眉腸斷幽期相思有夢阿

誰知莫遣重來風絮亂不似當時

又

老去嬾尋花獨自生涯幾枝疎影浸窗紗昨夜月來人不睡看盡橫斜　門外欲啼鴉香意凌霞從渠千樹遶人家世上一枝元也足不要隨他

鵲橋仙 秋日寄懷

角聲吹月風聲落枕夢與柔腸俱斷誰教當日太情濃颷不下新愁一段　黄花開了梅花開未曾約那時相

見莫教容易負幽期怕真個孤他淚眼

虞美人 春愁

輕紅短白東城路憶得分襟處栁絲無賴舞春柔不繫離人只解繫離愁 如今花謝春將老栁下無人到月明門外子規啼喚得人愁爭似喚人歸

木蘭花

疎枝半作窺窗老又是一年春意早風低小院得香遲月傍女牆和影好 去年苦被離情惱今日逢花休草

草後時花蕊盡從風且趁先春拚醉倒

又江得書作

别時已有重來願誰料情多天不管分明咫尺是青樓抵死濃雲遮得徧寄聲只倚西飛雁雁落書回空是怨領愁歸去有誰知水又茫茫山又斷

瑞鷓鴣瑞香

東風冷落舊梅臺猶喜山花拂面開紺色染衣春意淨水沉薫骨晚風來柔條不學丁香結矮樹仍參茉莉

裁安得方盆載幽植道人隨處作香材

又 春日南園

門前楊柳綠成陰翠塢蘢香徑自深遲日暝薰芳草眼好風輕撼落花心 無多春恨鸎難語最晚朝眠蝶易尋惟有狂醒不相貸釀成顛頹到如今

鷓鴣天

昨夜思量直到明拂明心緒更愁人風披露葉高低怨冷雨寒煙各自輕 休賴酒莫求神為誰教爾許多情

如今早被思量損好更當時做弄成

又

木落江空又一秋大寒幾日不登樓紅綃帳裏燈猶在青瑣窗深菊未收新畫閣小書舟篆煙薰得晚香留只因貪伴開爐酒惱得紅兒一夜謳

又寄少城

淚溼芙蓉城上花片飛何事苦參差鎖深不奈鸎無語巢穩爭如燕有家情未老鬢先華可怜各自淡生涯

楊花不解知人意猶自沾泥也學他

浪淘沙

山盡兩溪頭水合天浮行人莫賦大江愁且是芙容城下水還送歸舟　魚鴈兩悠悠煙斷雲收誰教此水却西流載我相思千點淚還與青樓

雨中花令

聞説海棠開盡了怎生得夜來一笑蹔綠枝頭落紅點裏問有愁多少　小院閑門春悄悄禁不得瘦腰如嫋

豆蔻濃時酴醾香處試把菱花照

又

舊日愛花心未了緊消得花時一笑幾日春寒連宵雨悶不道幽歡少　記得去年深院悄梁畔一枝香嫋嫋說與西樓後來明月莫把梨花照

又

卷地芳春都過了花不語對人含笑花與人期人怜花病瘦似人多少　聞道重門深悄悄愁不盡露啼煙嫋

斷得相思除非明月不把花枝照

望江南 夜泊龍橋灘前遇雨作

蓬上雨蓬底有人愁身在漢江東畔去不知家在錦江頭煙水兩悠悠　吾老矣心事幾時休沉水熨香年似日薄雲垂帳夏如秋安得小書舟 家有擬舫名書舟

望秦川 早春感懷

柳弱眠初醒梅殘舞尚癡春陰將冷傍簾幃又是東風和恨向人歸　樂事燈前記愁腸酒後知老來無計遣

芳時只有閒情隨分品花枝

又

竹粉翻新籜荷花拭靚粧斷雲侵晚度橫塘小扇斜釵

依約傍牙牀 蘸蜜分紅荔傾筒瀉碧香醉時風雨醒

時涼明月多情依舊過西廂

又

翠黛隨粧淺銖衣稱體香好風偏與十分涼却扇含情

獨自遶池塘 碧藕絲絲嫩紅榴葉葉雙牽絲摘葉為

誰忙情到厭厭拚醉又何妨

南歌子

雨燕翻新幙風鸝遶舊枝畫堂春盡日遲遲又是一番平綠漲西池　病起尊難盡腰寛帶易垂不堪村落子規啼問道行人一去幾時歸

又 楊光輔又寄示尋春

淡靄籠青瑣輕寒薄翠綃有人顰顇帶寛腰又見東風不忍見柔條　悶酒尊難盡閒香篆易銷夜來溪雪已

平橋溪上梅䰟憑仗一相招

又 早春

梅塢飛香定蘭窗翠色齊水邊沙際又春歸領略東風能有幾人知 愛月眠須晚尋花去未遲誰家庭院受芳菲費盡才情休負一春詩

又

荷蓋傾新綠榴巾戲舊紅水亭煙榭晚涼中又是一鈎新月靜房櫳 然藕清如雪幮紗薄似空好維令夜與

誰同喚取玉人來共一簾風

又

野水尋溪路青山踏晚春偶來相值却鍾情一樹瓊瑤洗盡客衣襟　曲沼通詩夢幽窗淨俗塵何時散髮伴禮裾後夜相思生怕月愁人

入塞

好思量正秋風半夜無奈銀釭一點耿耿背西窗衾又涼枕又涼　露華淒淒月半牀照得人眞個斷腸窻前

誰浸木犀黄花也香夢也香

西江月

衆綠初圍夏蔭老紅猶駐春粧畫簾燕子日偏長靜看

新雛來往闕

又 或與上文混作一闋非茲調雖有後段更韻者玩此詞文情迴非一闋

闕

汲井漫隨蘭炷心情半怯羅衣粉香銷盡

無人覷只門外子規啼

又

牆外雨肥梅子堦前水遶荷花陰陰庭戶薰風滿水紋簟怯菱芽　春盡難憑燕語日長惟有蜂衙沉香火冷珠簾暮個人在碧窻紗

眼兒媚

一枝煙雨瘦東牆真個斷人腸不為天寒日暮誰憐水遠山長　相思月底相思竹外猶自禁當只恐月樓貪

夢輸他一夜清香

朝中措

矮牕西畔翠荷香人在小池塘何事未拈棋局却來閒倚繩牀 金盆弄水玉釵鞾鬟粧嬾何妨莫道困來不飲今宵恰恨天涼

又 茶詞

華筵飲散撤芳尊人影亂紛紛且約玉驄留住細將團鳳平分 一甌看取招回酒興爽徹詩䰟歌罷清風兩

腋歸來明月千門

又 湯詞

龍團分罷覺芳滋歌徹碧雲詞翠袖且留纖玉沉香載捧氷磁 一聲清唱半甌輕啜愁緒如絲記取臨分餘味圖教歸後相思

又 詠三十九數

真遊六六洞中仙騎鶴下三天休道日斜歲暮行年方是韶妍 相逢一笑此心不動須待明年要得安排穩

當除非四十相連樂天詩有行年三十九歲暮日斜時之句

又

片花飛後水東流無計挽春留香小誰栽杜若夢回依舊揚州破瓜年在嬌花艷冶舞柳纖柔莫道劉郎霜鬢才情未放春休

烏夜啼

楊柳拖煙漠漠梨花浸月溶溶吹香院落春還盡顦顇立東風 只道芳時易見誰知密約難通芳園遶遍無

人間獨自拾殘紅

又

醉枕不能寐

白酒欺人易醉黄花笑我多愁一年只有秋光好獨自却悲秋　風急常吹夢去月遲多為人留半黄橙子和詩卷空自伴牀頭

又

緑外深深深深柳巷紅間曲曲花樓一春想見貪遊冶不道有人愁　三月東風易老幾宵明月難留酴醾白盡窗

前也還肯醉來否

又

靜院槐風綠漲小窗梅雨黃垂欲看春事留連處惟有夜寒知　夢裏閒消午醉歸花共坐風涼歸來窗北藤牀興在羲皇以上

虞美人影

粉霜拂拂凝香砌醞釀梅花天氣月上小窗如水冷浸人無寐　平生可慣閒顦顇擔負新愁不起消遣夜長

無計只倚薰香睡

一落索

門外鸎寒楊柳正減歡踈酒春陰早是做人愁更何況花飛後　莫倚東風消瘦有酴醾入手儘偎香玉醉何妨任花落愁依舊

又歌者索詞名一東

小小腰身相稱更著人心性一聲歌起繡簾陰都過住行雲影　聞道玉郎家近被春風勾引從今莫怪一東

看自壓盡人間韵

憶秦娥

青門深海棠開盡春陰陰春陰陰萬重雲水一寸歸心
玉樓深鎖煙沈沈知他何日同登臨同登臨待收紅
淚細説如今

又

情脉脉半黄橙子和香擘和香擘分明記得袖香薫窄
别來人遠闗山隔見梅不忍和花摘和花摘有書無

雁寄誰歸得

又

愁無語黄昏庭院黄梅雨黄梅雨新愁一寸舊愁千縷杜鵑叫斷空山苦相思欲訴人何許人何許一重雲斷一重山阻

好事近 資中道上無雙堠感懷作

別夢記春前春盡苦無歸日想見鵲聲庭院誤幾回消息　萬重離恨萬重山無處說思憶只有路傍雙堠也

隨人孤隻

又 待月不至

天淡一簾秋眀月幾時來得何事桂低香近把清光邀勒人間明晦總由天何必問通塞且為人如月好醉莫分南北

又

煙盡戍樓空又是一簾佳月何事山城留滯負好花時節 燒燈剪綵沒心情應有翠娥説欲借好風吹恨奈

亂雲愁疊

又

急雨鬧氷荷銷盡一襟煩暑趂取晚凉幽會近翠陰濃處　風梢危滴撼珠璣灑面得新句莫惜玉壺傾盡待月明歸去

清平樂

山城桃李催促春無幾日日爲花須早起猶惜花無計　阿誰留得春風長教遶綠園紅莫遣十分芳意輸他

萬點愁容

又 醉王靜父紅木犀詞

秋香誰買散入琉璃界點綴小紅全不礙還却鉛華餘債夜來月底相期一枝未覺香遲恰似青綾帳底絳羅初試裙兒

又 詠雪

疎疎整整風急花無定紅燭照筵寒欲凝時見篩簾玉影夜深明月籠紗醉歸涼面香斜猶有惜梅心在滿

庭誤作吹花

又

綠深紅少榔外橫橋小雙燕不知幽夢好驚起碧窗春曉　起來瞢鬆多時　玉臺金鏡慵移多少春愁未說却來閒數花枝

謁金門　杏花

春悄悄紅到一枝先巧酒入半腮微帶卯粉寒香未飽　芳意枝頭偏鬧困盡蜂鬚鬪爪擬倩玉纖和露搦情

多愁易攪

又 荼蘼

花簇簇觸眼萬條垂玉小院春深窗鎖綠水沉風斷續明月又侵樓曲羞向枕囊拘束只待夜深清影足醉來花底宿

又 陪蘇子重諸友飲東山

烏帽側行徧杏花春色野意青青分隴麥人家煙水隔春事莫催行客彈指青梅堪摘醉倚暮天江拍拍雨

晴沙路白

又 病起

花半溼一霎晚雲籠密天氣未佳風又急小庭愁獨立
酒病起來無力懊惱篆煙鎖碧一晌春情無處覓小
屏山數尺

又

春夜雨催潤梛塘花鴂小院深深門幾許畫簾香一縷
獨立晚庭凝竚細把花枝閒數燕子不來天欲暮說

欽定四庫全書

愁無處所

又

風陣陣吹落楊花無定酒病厭厭三月盡花檀紅自隱新綠軒牕清潤月影又移牆影手撚青梅無處問一春長悶損

又

濃睡醒驚對一簾秋影楓葉乍零風不定半牕踈雨影愁與年光不盡老入星星雙鬢只擬上樓尋遠信鴈

遥煙水暝

卜算子

枕簟暑風消簾幙秋風動月到夜來愁處明只照團衾鳳　去意杳無憑別語愁難送一紙魚牋枕底香且做新來夢

又

獨自上層樓樓外青山遠望到斜陽欲盡時不見西飛鴈　獨自下層樓樓下蛩聲怨待到黄昏月上時依舊

柔腸斷

又

幾日賞花天月淡荼蘼小窩盡相思喚不來又是花飛了春在怕愁多春去怜歡少一夜安排夢不成月墮西牕曉

霜天曉角

幾夜瑣窻揭素蟾光似雪恰恨照人敧枕紗幮爽簟紋滑 迤邐篆香裊好懷誰共說若是知人風味來分付

半牀月

又

玉清氷様潔幾夜相思切誰料濃雲遮擁同心帶甚時結　匆匆休惜別還有來時節記取江陰歸路須共踏夜深月

減字木蘭花

雙雙相竝一點紅邊偏照映玉剪雲裁不比浮花共蔕開　幾回心曲選勝摘來情自足插向雲鬟要與仙郎

比並看

菩薩鬘

和風暖日西郊路遊人又踏青山去何處碧雲衫映溪繞兩三 疎松分翠黛故作羞春態回首杳煙消月明歸渡橋

又

春回緑野煙光薄低花矮柳田家樂隴麥又青青喧蜂閙趂人 野翁忘近遠怪識劉郎面斷却小橋溪怕人

溪外知

又 訪江東外家作

畫橋拍拍春江綠行人正在春江曲花潤接平川有人花底眠　東風元自好只怕催花老安得萬垂楊繫教春日長

又

平蕪冉冉連雲綠斜陽襯雨明溪足小鴨睞晴沙翠烘三兩花　春光閒婉娩盡日無人見試著小屏山圖歸

雲際看

又 正月三日西山即事

山頭翠樹調鸎舌山腰野菜飛黄蝶來為等閑休去成多少愁 小庭花木改猶有啼痕在别後不曾看怕花和淚殘

又

羅衫乍試寒猶怯妬花風雨連三月燈冷閉門時有愁誰得知 此情真個苦只為當時語莫道絮沾泥絮飛

魂亦飛

又

夜來花底鷽饒舌把人心事分明説許大好因緣只成

容易傳　春闌無好計唯有歸來是從此玉臺前曉粧

休太妍

又

小牕蔭緑清無暑篆香終日縈蘭炷氷簟漲寒濤清風

一枕高　有人團扇却門掩庭花落少待月侵牀照教

魂夢涼

又 回文

暑庭消盡風鳴樹樹鳴風盡消庭暑橫枕一聲鸎鸎聲
一枕橫 扇紈低粉面面粉低紈扇涼月淡侵牀牀侵
淡月涼

又

東風有意留人住薰風無意催人去去住兩茫然相逢
成短緣 平生花柳莢過後關心少令日奈情何為伊

饒恨多

又

去年恰好雙星節鵲橋未渡人離别不恨障雲生恨他真個行　天涯消息近不見乘鸞影𨚫外鷓鴣聲幾回和夢驚

又

淺寒帶暝和煙下輕雲挾雨隨風灑翠幙護重簾篆香銷半奩　平生風雨夜怕近芭蕉下今夕定愁多蕭蕭

聲奈何

又

客牕曾剪燈花弄誰教來去如春夢冷落舊梅臺小桃
相次開　人間春易老只有山中好閒却樺花籬莫教
溪外知

又

曉煙籠日浮山翠春風著水回川媚遠近碧重重人家
山色中　野花香自度似識幽人處安得著三間與山

終日閒

又

扶犂野老田東瞟挿花山女田西醉醉眼眩東西看看桃滿溪　耕桑山下足紈綺人間俗莫管舊東風從敎吹軟紅

浣溪沙 病中有以蘭花相餉者戲書

天女慇勤著意多散花猶記病維摩肯來丈室問云何　腰佩摘來頒玉筍鬢香分處想秋波不知真個有情

歷

又

遙想當年出鳳雛王家風在未全疎祇令朱紱為誰紆芳草池塘春夢後粉香簾幙曉晴初一簪華髮要人梳

又

翠葆扶踈傍藥闌亂飄綠沼滿書單清明時節又看看小雨勸成春尾恨東風偏作夜來寒琴心老盡不須

彈

又

薄日移陰午暑空一盃何事便潮紅扇紈揮盡却疎慵

早眠情懷氷枕外夜涼消息雨荷中不須留燭睡房

櫳

又

閒倚前榮小扇車晚粧無力辮雲鴉凝情看落一庭花

笑挽清風歸玉枕懶隨缺月傷愡紗蓋紅雨臉上嬌

霞

點絳唇

梅雨收黃暑風依舊閒庭院露荷輕顫只有香浮面

挂起西窗月澹無人見幽情遠墮釵低扇好個涼方便

愁倚闌令 三榮道上賦

山無數雨蕭蕭路迢迢不似芙容城下去梛如腰夢

隨春絮飄飄知他在第幾朱橋說與杜鵑休喚怕魂銷

又

春猶淺柳初芽杏初花楊柳杏花交影處有人家　玉窗明煖烘霞小屏上水遠山斜昨夜酒多春睡重莫驚他

生查子

溪光曲曲村花影重重樹風物小桃源春事還如許情知送客來又作尋芳去可惜一春詩總為閒愁賦

又

長記別郎時月淡梅花影梅影又橫窗不見江南信

無心换夕香有分怜朝鏡不怕瘦稜稜只怕梅開盡

又 春日閨情

蘭帷夜色高繡被春寒擁何事玉樓人屢踏楊花夢
分明相見陳不道幽情重乞個好因緣莫待來生種

長相思

對重陽感重陽身在西風天一方年年人斷腸 景淒
涼客淒涼縱有黃花袛異鄉晚雲連夢長

又

酒孤斟客孤吟戲馬臺荒露艸深英雄何處尋　愛登臨莫登臨定是愁来關客心暮天煙水沉

又

風敲窗雨敲窓窓外芭蕉雲作幢聲聲愁對牀　對銀缸點銀缸夢採芙容隔一江幾時蝴蝶雙

如夢令

風入藕花翻重夜氣與香俱縱月又帶風来涼意一襟誰共情重情重可惜短宵無夢

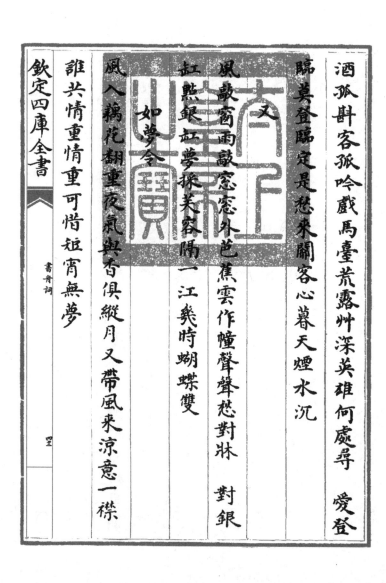

欽定四庫全書

憶王孫

蕭蕭梅雨斷人行門掩殘春綠蔭生翠被寒燈枕自橫
夢初驚窗外啼鵑催五更

書舟詞

小山詞

晏幾道

欽定四庫全書　　集部十

小山詞　　詞曲類　詞集之屬

提要

臣等謹案小山詞一卷宋晏幾道撰幾道字叔原號小山殊之幼子嘗監頴昌許田鎮熙寧中鄭俠上書下獄悉治平時所往還厚善者幾道亦在數中從俠家搜得其詩裕陵稱之始令放出事見侯鯖録黄庭堅小山集序

曰其樂府可謂俠邪之大雅豪士之鼓吹其
合者高唐洛神之流其下者豈減桃葉團扇
哉又古今詞話載程叔微之言曰伊川聞人
誦叔原詞夢魂慣得無拘檢又踏楊花過謝
橋曰鬼語也意頗賞之然則幾道之詞固甚
為當時推挹矣馬端臨經籍考載小山詞一
卷並録黄庭堅全序此本佚去庭堅序惟存
無名氏跋後一篇又似幾道詞本名補亡以

為補樂府之亡單文孤證未敢遽改姑仍舊
本題之至舊本字句往往訛異如泛清波摘
遍一闋暗惜光陰恨多少句此刻於光字上
誤增花字衍作八字句詞滙遂改陰作飲再
誤為暗惜花光飲恨多少如斯之類殊失其
真今併訂正之焉乾隆四十九年三月恭校
上

總纂官臣紀昀臣陸錫熊臣孫士毅

欽定四庫全書

總校官臣陸費墀

欽定四庫全書

小山詞

宋 晏幾道 撰

憶悶令

取次臨鸞勻畫淺酒醒遲來晚多情愛惹閒愁長黛眉低斂月底相逢見有深深良願願期信似月如花須更交長遠

梁州令

莫唱陽關曲淚溼當年金縷離歌自古最消魂于今更在魂銷處　南橋楊柳多情緒不繫行人住人情却似飛絮悠揚便逐春風去

燕歸来

蓮葉雨蓼花風秋恨幾枝紅遠煙收盡水溶溶飛鴈碧雲中　衷腸事魚箋字情緒年年相似凭高雙袖晚寒濃人在月橋東

臨江仙

淺淺餘寒春半雪銷蕙草初長煙迷柳岸舊池塘風吹梅蕊鬧雨細杏花香　月墮枝頭懽意從前虛夢高唐覺來何處放思量如今不是夢真箇到伊行

又

長愛碧闌干影芙蓉秋水開時臉紅凝露學嬌啼霞觴薰冷艷雲鬢裊纖枝　煙雨依前時候霜叢如舊芳菲與誰同醉采香歸去年花下客今似蝶分飛

又

旖旎仙花解語輕盈春柳能眠玉樓深處綺窗前夢回芳草夜歌罷落梅天　沉水濃薰繡被流霞淺酌金船綠嬌紅小正堪憐莫如雲易散須似月頻圓

又

夢後樓臺高鎖酒醒簾幕低垂去年春恨却來時落花人獨立微雨燕雙飛　記得小蘋初見兩重心字羅衣琵琶絃上說相思當時明月在曾照彩雲歸

又

東野亡來無麗句于君去後少交親追思往事好沾巾白頭王建在猶見詠詩人　學道深山空自老留名千載不干身酒筵歌席莫辭頻爭如南陌上占取一年春

蝶戀花

卷絮風頭寒欲盡墜粉飄紅日日香成陣新酒又添殘酒困今春不減前春恨　蝶去鶯飛無處問隔水高樓望斷雙魚信惱亂層波橫一寸斜陽只與黃昏近

又

初撚霜紈生悵望隔葉鶯聲似學秦娥唱午睡醒來慵一晌雙紋翠簟鋪寒浪　雨罷蘋風吹碧漲脉脉荷花淚臉紅相向斜貼綠雲新月上彎環正是愁眉樣

又

庭院碧苔紅葉徧金菊開時已近登高宴日日露荷凋綠扇粉塘煙水澄如練　試倚涼風醒酒面雁字來時恰向層樓見幾點護霜雲影轉誰家蘆管吹秋怨

又

喜鵲橋成催鳳駕天爲歡遲乞與初凉夜乞巧雙蛾加意畫玉鈎斜傍西南掛　分鈿擘釵凉葉下香袖凭肩誰記當時話路隔銀河猶可借世間離恨何年罷

又

碧草池塘春又晚小葉風嬌尚學娥粧淺雙燕來時還念遠珠簾繡户楊花滿　緑柱頻移絃易斷細看秦箏正似人情短一曲啼烏心緒亂紅顔暗與流年換

又

碾玉釵頭雙鳳小倒暈工夫畫得宮眉巧嫩麴輕塵鬬草鴛鴦繡字春衫好　三月露桃春意早細看花枝人面爭多少水調聲長歌未了掌中盃盡東池曉

又

醉别西樓醒不記春夢秋雲聚散真容易斜月半窗還少睡畫屏閒展吳山翠　衣上酒痕詩裏字點點行行總是淒涼意紅燭自憐無好計夜寒空替人垂淚

又

欲減羅衣寒未去不卷珠簾人在深深處殘杏枝頭花幾許啼紅正恨清明雨　盡日沉香煙一縷宿酒醒遲惱破春情緒遠信還因歸燕誤小屏風上西江路

又

千葉早梅誇百媚笑面凌寒內樣粧先試月臉冰肌香細膩風流新稱東君意　一稔年光春有味江北江南更有誰相比橫玉聲中吹滿地好枝長恨無人寄

又

金剪刀頭芳意動綵蕋開時不怕朝寒重晴雪半消花鬟鬒曉粧呵盡香酥凍 十二樓中雙翠鳳緲緲歌聲記得江南弄醉舞春風誰可共秦雲已有鴛屏夢

又

笑豔秋蓮生緑浦紅臉青腰舊識淩波女照影弄粧嬌欲語西風豈是繁華主 可恨良辰天不與纔過斜陽又值黄昏雨朝落暮開空自許竟無人解知心苦

又

碧落秋風吹玉樹，翠節紅旌，晚過銀河路。休笑星機停弄杼，鳳帷已在雲深處。　樓上金鍼穿繡縷，誰管天邊，隔歲分飛苦。試等夜闌尋别緒，淚痕千點羅衣露。

又

碧玉高樓臨水住，紅杏開時，花底曾相遇。一曲陽春春已暮，曉鶯聲斷朝雲去。　遠水來從樓下路，過盡流波，未得魚中素。月細風尖垂柳渡，夢魂長在分襟處。

又

夢入江南煙水路行盡江南不與離人遇睡裏銷魂無
說處覺來惆悵銷魂誤 欲盡此情書尺素浮雁沉魚
終了無憑據却倚緩絃無別緒斷腸移破秦箏柱

又

黄菊開時傷聚散曾記花前共說深深願重見金英人
未見相思一夜天涯遠 羅袖同心閒結徧帶易成雙
人恨成雙晚欲寫彩箋書別怨淚痕早已先書滿

鷓鴣天

彩袖慇懃捧玉鍾當年拚却醉顏紅舞低楊葉樓心月
歌盡桃花扇影風　從别後憶相逢幾回魂夢與君同
今宵剩把銀釭照猶恐相逢是夢中

又

一醉醒來春又殘野棠梨雨淚闌干玉笙聲裏鸞空怨
羅幙香中燕未還　終易散且長閒莫教離恨損朱顏
誰堪共展鴛鴦錦同過西樓此夜寒

又

梅蕋新粧桂葉眉小蓮風韻出瑶池雲隨緑水歌聲轉雪繞紅綃舞袖垂　傷别易恨懽遲惜無紅錦為裁詩行人莫便銷魂去漢渚星橋尚有期

又

守得蓮開結伴遊約開萍葉上蘭舟來時浦口雲隨棹採罷江邊月滿樓　花不語水空流年年判得為花愁明朝萬一西風勁爭尚朱顔不奈秋

又

鬬鴨池南夜不歸酒闌紈扇有新漓雲隨碧玉歌聲轉雪繞紅綃舞袖回　今感舊欲沾衣可憐人似水東西回頭滿眼凄凉事秋月春風豈得知

又

當日佳期鵲誤傳至今猶作斷腸仙橋成漢渚星波外人在鸞歌鳳舞前　歡盡夜別經年別多歡少奈何天情知此會無長計咫尺涼蟾亦未圓

又

題破香箋小研紅詩多遠寄舊相逢西樓酒面垂垂雪
南苑春衫細細風　花不盡柳無窮別來歡事少人同
憑誰問取歸雲信今在巫山第幾峯

又

清頻尊前酒滿衣十年風月舊相知憑誰細話當時事
腸斷山長水遠詩　金鳳闕玉龍墀看君來換錦袍時
姮娥已有慇懃約留著蟾宮第一枝

又

醉拍春衫惜舊香天將離恨惱疎狂年年陌上生秋草日日樓中到夕陽　雲渺渺水茫茫征人歸路許多長相思本是無憑語莫向花箋費淚行

又

小令尊前見玉簫銀燈一曲太妖嬈歌中醉倒誰能恨唱罷歸來酒未消　春悄悄夜迢迢碧雲天共楚宫腰夢魂慣得無拘檢又踏楊花過謝橋

又

楚女腰肢越女顋粉圓雙蕋髻中開朱絃曲怨愁春盡渌酒盃寒記夜來　新擲果舊分釵冶遊音信隔章臺花間錦字空頻寄月底金鞍竟未回

又

十里樓臺倚翠微百花深處杜鵑啼慇懃自與行人語不似流鶯取次飛　驚夢覺弄晴時聲聲只道不如歸天涯豈是無歸意爭奈歸期未可期

又

陌上濛濛殘絮飛杜鵑花裏杜鵑啼年年底事不歸去
怨月愁煙長為誰　梅雨細曉風微倚樓人聽欲沾衣
故園三度羣花謝曼倩天涯猶未歸

又

曉日迎長歲歲同太平簫鼓間歌鐘雲高未有前村雪
梅小初開昨夜風　羅幙翠錦筵紅釵頭羅勝寫宜冬
從今屈指春期近莫使金尊對月空

又

小玉樓中月上時夜來唯許月華知重簾有意藏私語
雙燭無端惱暗期傷别易恨歡遲歸來何處驗相思
沈郎春雪愁銷臂謝女香膏嬾畫眉

又

手撚香牋憶小蓮欲將遺恨倩誰傳歸來獨卧逍遥夜
夢裏相逢酩酊天花易落月難圓只應花月似歡緣
秦箏若有心情在試寫離聲入舊絃

又

九日悲秋不到心鳳城歌管有新音風凋碧柳愁眉淡露染黄花笑靨深　初見雁已聞砧綺羅叢裏勝登臨須教月戸纖纖玉細捧霞觴灧灧金

又

碧藕花開水殿涼萬年枝外轉紅陽昇平歌管隨天仗祥瑞封章滿御牀　金掌露玉爐香歲華方共聖恩長皇洲又奏圜扉靜十樣宫眉捧壽觴

又

綠橘梢頭幾點春似留香蕋送行人明朝紫鳳朝天路十二重城五碧雲　歌漸咽酒初醺儘將紅淚溼湘帬贛江西畔從今日明月清風憶使君

生查子

金鞍美少年去躍青驄馬牽繫玉樓人繡被春寒夜　消息未歸來寒食梨花謝無處說相思背面鞦韆下

又

輕勻兩臉花淡埽雙眉柳會寫彩箋時學弄朱絃後

今春玉釧寬昨夜羅裙皺無計奈情何且醉金盃酒

又

關山魂夢長魚雁音塵少兩鬢可憐青只為相思老
歸傍碧紗窗說與人人道真箇别離難不似相逢好

又

墜雨已辭雲流水難歸浦遺恨幾時休心抵秋蓮苦
忍淚不能歌試托哀絃語絃語願相逢知有相逢否

又

一分殘酒霞兩點愁蛾暈羅幙夜猶寒玉枕春先困心情剪綵慵時節燒燈近見少别離多還有人堪恨

又

輕輕製舞衣小小裁歌扇三月柳濃時又向津亭見垂淚送行人溼破紅粧面玉指袖中彈一曲清商怨

又

紅塵陌上遊碧柳堤邊住纔趁彩雲來又逐飛花去深深美酒家曲曲幽香路風月有情時總是相逢處

又

長恨涉江遥移近溪頭住閑蕩木蘭舟卧入雙鴛浦
無端輕薄雲暗作廉纖雨翠袖不勝寒欲向荷花語

又

遠山眉黛長細柳腰肢裊粧罷立春風一笑千金少
歸去鳳城時説與青樓道徧看頴川花不似師師好

又

落梅亭榭香芳草池塘緑春恨最關情月過闌干曲

幾時花裏閒看得花枝足醉後莫思家借取師師宿

又

狂花頃刻香晚蝶纏綿意天與短因緣聚散常容易
傳唱入離聲惱亂雙蛾翠游子不堪聞正是衷腸事

又

官身幾日閒世事何時足君貌不長紅我鬢無重綠
榴花滿醆香金縷多情曲且盡眼中歡莫嘆時光促

又

春從何處歸試向溪邊問岸柳弄嬌黄隴麥回青潤
多情美少年屈指芳菲近誰寄嶺頭梅來報江南信

南鄉子

渌水帶青潮水上朱闌小渡橋橋上女兒雙笑靨妖嬈
倚著闌干弄柳條　月夜落花朝減字偷聲按玉簫柳
外行人回首處迢迢若此銀河路更遥

又

小蕋愛春風日日宫花花樹中恰向柳綿撩亂處相逢

笑靨傍邊心字濃　歸路草茸茸家在秦樓更近東醒

去醉來無限事誰同説著西池滿面紅

又

花落未須悲紅蕋明年又滿枝唯有花間人别後無期

水濶山長雁字遲　今日最相思記得攀條話别離共

説春來春去事多時一點愁心入翠眉

又

何處别時難玉指偷將粉淚彈記得來時樓上燭初殘

待得清霜滿畫欄　不慣獨眠寒自解羅衣襯枕檀百媚也應愁不睡更闌惱亂心情半被閑

又

畫鴨嬾熏香繡茵猶展舊鴛鴦不似同衾愁易曉空牀細剔銀燈怨漏長　幾夜月波涼夢魂隨月到蘭房殘睡覺來人又遠難忘便是無情也斷腸

又

眼約也應虛昨夜歸來鳳枕孤且據如今情分裏相期

只恐多時不似初 深意託雙魚小翦蠻箋細字書更把此情重問得何如共結因緣久遠無

又

新月又如眉長笛誰教月下吹樓倚暮雲初見雁南飛漫道行人雁後歸 意欲夢佳期夢裏關山路不知却待短書來破恨應遲還是凉生玉枕時

清平樂

留人不住醉解蘭舟去一棹碧濤春水路過盡曉鶯啼

處　渡頭楊柳青青枝枝葉葉離情此後錦書休寄畫
樓雲雨無憑

又

千花百草送得春歸了拾蕊人稀紅漸少葉底杏青梅
小　小瓊閑抱琵琶雪香微透輕紗正好一枝嬌豔當
年獨占韶華

又

煙輕雨小紫陌香塵少謝客池塘生綠草一夜紅梅先

老　旋題羅帶新詩重尋楊柳佳期强半春寒去後幾番花信來時

又

可憐嬌小掌上承恩早把鏡不知人易老欲占朱顔常好　畫堂秋月佳期藏鉤賭酒歸遲紅燭淚前低語綠牋花裏新詞

又

紅英落盡未有相逢信可恨流年凋綠鬢睡得春酲欲

醒 鈿箏曾醉西樓朱絃玉指梁州曲罷翠簾高捲幾
回新月如鈎

又

春雲綠處又見歸鴻去側帽風前花滿路冶葉倡條情
緒 紅樓桂酒新開曾攜翠袖同來醉弄影娥池水短
簫吹落殘梅

又

波紋碧皺曲水清明後折得疎梅香滿袖暗喜春紅依

舊歸來紫陌東頭金釵換酒銷愁柳影深深細路花
梢小小層樓

又

西池煙草恨不尋芳早滿路落花紅不埽春色漸隨人
老遠山眉黛嬌長清歌細逐霞觴正在十洲殘夢水
心宮殿斜陽

又

蕙心堪怨也逐春風轉丹杏牆東當日見幽會緑窗題

徧　眼中前事分明可憐如夢難憑都把舊時薄倖只消今日無情

又

么絃寫意意密絃聲碎書得鳳箋無限事猶恨春心難寄　卧聽疎雨梧桐雨餘淡月朦朧一夜夢魂何處那回楊葉樓中

又

笙歌宛轉臺上吳王宴宮女如花倚春殿舞綻縷金衣

綫酒闌畫燭低迷彩鴛驚起雙棲月底三千繡戶雲間十二瓊梯

又

暫來還去輕似風頭絮縱得相逢留不住何況相逢無處　去時略約黄昏月華却到朱門別後幾番明月素娥應是消魂

又

雙紋彩袖笑捧金船酒嬌妙如花輕似柳勸客千春長

壽　豔歌更倚疎絃有情須醉樽前恰是可憐時候玉
嬌今夜初圓

又

寒催酒醒曉陌飛霜定背照畫簾殘燭影斜月光中人
靜　錦衣才子西征萬重雲水初程翠黛倚門相送鸞
腸斷處離聲

又

蓮開欲徧一夜秋聲轉殘緑斷紅香片片長是西風堪

怨 莫愁家住溪邊採蓮心事年年誰管水流花謝月
明昨夜蘭船

又

沉思暗記幾許無憑事菊靨開殘秋少味閒却畫欄風
意 夢雲歸處難尋微涼暗入香襟猶恨那回庭院依
前月淺燈深

又

鶯來燕去宋玉牆東路草草幽歡能幾度便有繫人心

處　碧天秋月無端别來長照關山一點猒猒誰會依
前凭暝闌干
又
心期休問只有尊前分勾引行人添别恨因是語低香
近　勸人滿酌金鍾清歌唱徹還重莫道後期無定夢
魂猶有相逢
玉樓春
鞦韆院落重簾暮彩筆閒來題繡户牆頭丹杏雨餘花

門外綠楊風後絮　朝雲信斷知何處應作襄王春夢去紫騮認得舊游踪嘶過畫橋東畔路

又

小顰若解愁春暮一笑留春春也住晚紅初減謝池花新翠已遮瓊苑路　溅裙曲水曾相遇挽斷羅巾容易去啼珠彈盡又成行畢竟心情無會處

又

小蓮未解論心素狂似鈿箏絃底柱臉邊霞散酒初醒

眉上月殘人欲去　舊時家近章臺住盡日東風吹柳
絮生憎繁杏緑陰時正礙粉牆偷眼覷

又

風簾向曉寒成陣未報東風消息近試從梅蔕紫邊尋
更遶柳枝柔處問　來遲不是春無信開曉却疑花有
恨又應添得幾分愁二十五絃彈未盡

又

念奴初唱離亭宴會作離聲勾别怨當時垂淚憶西樓

溼盡羅衫歌未徧　難逢最是身强健無定莫如人聚散已拚歸袖醉相扶更惱香檀珍重勸

又

玉真能唱朱簾靜憶上雙蓮池上聽百分蕉葉醉如泥却向斷腸聲裏醒　夜凉水月鋪明鏡更看嬌花閒弄影曲終人意似流波休問心期何處定

又

阿茸十五腰肢好天與懷春風味早畫眉匀臉不知愁

殢酒熏香偏稱小　東城楊柳西城草會合花期如意
少思量心事薄輕雲綠鏡臺前還自笑

又

初心已恨花期晚別後相思長在眼蘭衾猶有舊時香
每到夢回珠淚滿　多應不信人腸斷幾夜夜寒誰共
暖欲將恩愛結來生只恐來生緣又短

又

雕鞍好為鶯花住占取東城南陌路儘教春思亂如雲

莫管世情輕似絮　古來都被虚名誤寧負虚名身莫負勸君頻入醉鄉來此是無愁無恨處

又

一尊相遇春風裏詩好似君人有幾吴姬十五語如絃能唱當時樓下水　良辰易去如彈指金盞十分須盡意明朝三丈日髙時共拚醉頭扶不起

又

瓊酥酒面風吹醒一縷斜紅臨晚鏡小顰微笑盡妖嬈

淺注輕匀長淡淨　手挼梅蕊尋香徑正是佳期期未定春來還為箇般愁瘦損宮腰羅帶剩

又

清歌學得秦娥似金屋瑤臺知姓字可憐春恨一生心長帶粉痕雙袖淚　從來嬾話低眉事今日新聲誰會意坐中應有賞音人試問回腸曾斷未

又

旗亭西畔朝雲住沉水香煙長滿路柳陰分到畫眉邊

花片飛來垂手處　粧成儘任秋娘妬嫋嫋盈盈當繡戶臨風一曲醉騰騰陌上行人凝恨去

又

離鸞照罷塵生鏡幾點吴霜侵緑鬢琵琶絃上語無憑荳蔻梢頭春有信　相思拚損朱顏盡天若多情終欲問雪窗休記夜來寒桂酒已銷人去恨

又

東風又作無情計豔粉嬌紅吹滿地碧樓簾影不遮愁

還似去年今日意　誰知錯管春殘事到處登臨曾費
淚此時金盞直須深看盡落花能幾醉

又

斑騅路與陽臺近前度無題初借問暎風鞭袖儘閒垂
微月簾櫳曾暗認　梅花未足憑芳信絃語豈堪傳素
恨翠眉繞似遠山長寄與此愁顰不盡

又

紅綃學舞腰肢軟旋織舞衣宮樣染織成雲外雁行斜

染作江南春水淺　露桃宮裏隨歌管一曲霓裳紅日晚歸來雙袖酒成痕小字香箋無意展

又

當年信道情無價桃葉尊前論別夜臉紅心緒學梅粧眉翠工夫如月畫　來時醉倒旗亭下知是阿誰扶上馬憶曾挑盡五更燈不記臨分多少話

又

採蓮時候慵歌舞永日閒從花裏度暗隨蘋末曉風來

直待柳梢斜月去　停橈共說江頭路臨水樓臺蘇小
住細思巫峽夢回時不减秦源腸斷處

又

芳年正是香英嫩天與嬌波長入鬢蕋珠宮裏舊承恩
夜拂銀屏朝把鏡　雲情去住終難信花意有無休更
問醉中同盡一盃歡歸後各成孤枕恨

又

輕風拂柳氷初綻細雨銷塵雲未散紅窗青鏡待粧梅

綠陌高樓催送雁　華羅歌扇金蕉醆記得尋芳心緒慣鳳城寒盡又飛花歲歲春光常有限

減字木蘭花

長亭晚送都似綠窗前日夢小字還家恰應紅燈昨夜花　良時易過半鏡流年春欲破往事難忘一枕高樓到夕陽

又

留春不住恰似年光無味處滿眼飛英彈指東風太淺

情　箏絃未穩學得新聲難破恨轉枕花前且伴香紅一夜眠

又

長楊輦路緑滿當年攜手處試逐春風重到宮花花樹中　芳菲遶徧今日不如前日健酒罷凄涼新恨猶添舊恨長

洞仙歌

春殘雨過緑暗東池道玉豔藏羞媚顔笑記當時已恨

飛鏡歡踈那至此仍苦題花信少　連環情未已物是人非月下踈梅似伊好澹秀色黯寒香粲若春容何心顧閑花凡草但莫使情隨歲華遷便香隔秦源也須能到

菩薩蠻

來時楊柳東橋路曲中暗有相期處明月好因緣欲圓還未圓　却尋芳草去畫扇遮微雨飛絮莫無情閒花應笑人

又

箇人輕似低飛燕春來綺陌時相見堪恨兩横波惱人情緒多　長留青鬢住莫放紅顏去占取豔陽天且教伊少年

又

鶯啼似作留春語花飛鬭學回風舞紅日又平西畫簾遮燕泥　煙花還自老緑境人空好香在去年衣魚箋音信稀

又

春風未放花心吐尊前不擬分明語酒色上來遲綠鬢

紅杏枝　今朝眉黛淺暗恨歸時遠前夜月當樓相逢

南陌頭

又

嬌香淡染胭脂雪愁春細畫彎彎月花月鏡邊人淺粧

勻未成　佳期應有在試倚鞦韆待滿地落英紅萬條

楊柳風

又

香蓮燭下匀丹雪粧成笑弄金階月嬌面勝芙蓉臉邊天與紅　玳筵雙揭鼓喚上華茵舞春淺未禁寒暗嫌羅袖寬

又 或刻張子野

哀箏一弄湘江曲聲聲寫盡湘波綠纖指十三絃細將幽恨傳　當筵秋水慢玉柱斜飛雁彈到斷腸時春山眉黛低

又

江南未雪梅花白憶梅人是江南客猶記舊相逢淡煙微月中　玉容長有信一笑歸來近懷遠上樓時晚雲和雁低

又

相逢欲話相思苦淺情肯信相思否還恐漫相思淺情人不知　憶曾攜手處月滿窗前路長到月來時不眠猶待伊

阮郎歸

粉痕閒印玉尖纖啼紅傍曉奩舊寒新暖尚相兼梅疏待雪添　春冉冉恨厭厭章臺對卷簾箇人鞭影弄凉蟾樓前側帽簷

又

來時紅日弄窗紗春紅入睡霞去時庭樹欲棲鴉香屏掩月斜　收翠羽整粧華青驪信又差玉笙猶戀碧桃花今宵未憶家

又

舊香殘粉似當初人情恨不如一春猶有數行書秋來書更疎 衾鳳冷枕鸞孤愁腸待酒舒夢魂縱有也成虛那堪和夢無

又

天邊金掌露成霜雲隨鴈字長緑盃紅袖趁重陽人情似故鄉 蘭佩紫菊簪黄慇懃理舊狂欲將沉醉換悲涼清歌莫斷腸

又

曉粧長趁景陽鐘雙蛾著意濃舞腰浮動緑雲穠櫻脣半點紅　憐美景惜芳容沉思暗記中春寒簾幙幾重重楊花盡日風

浣溪沙

二月春花厭落梅仙源歸路碧桃催渭城絲雨勸離盃　歡意似雲真薄倖客鞭摇柳正多才鳳樓人待錦書來

又

卧鴨池頭小苑開　晴風吹盡北枝梅　長莎軟路幾縈回　静選緑陰鶯有意　漫隨遊騎絮多才　去年今日憶同來

又

二月風和到碧城　萬條千縷緑相迎　舞煙弄日過清明　粧鏡巧眉偷葉樣　歌臺妍曲借枝名　晚秋霜霰莫無情

又

白紵春衫楊柳鞭碧蹄驕馬杏花韉落英飛絮冶遊天南陌暝風吹舞榭東城凉月照歌筵賞心多是酒中仙

又

牀上銀屏幾點山鴨爐香過瑣窗寒小雲雙枕恨春閒惜別漫成良夜醉解愁時有翠牋還那回分袂月初殘

又

緑柳藏烏静掩關鴨爐香細瑣窗閒那回分袂月初殘

惜别漫成良夜醉觧愁時有翠牋還欲尋雙葉寄情

難

又

家近旗亭酒易酤花時長得醉工夫伴人歌扇嬾粧梳

戶外緑楊春繫馬牀頭紅燭夜呼盧相逢還觧有情

無

又

日日雙眉鬬畫長行雲飛絮共輕狂不將心嫁冶遊郎

濺酒滴殘歌扇字弄花熏得舞衣香一春彈淚說淒

涼

又 舊失題次卷末

樓上燈深欲閉門夢雲散處不留痕幾年芳草憶王孫

白日闌干依舊綠試將前事倚黃昏記曾來處易銷

魂

又

午醉西橋夕未醒雨花凄斷不堪聽歸時應減鬢邊青衣化客塵今古道柳含春意短長亭鳳樓爭見路傍情

又

一樣宫粧簇彩舟碧團羅扇自障羞水仙時在鏡中遊腰自細來多態度臉因紅處轉風流年年相遇緑江頭

又

已折鞦韆不奈閒却隨蝴蝶到花間旋尋雙葉插雲鬟

幾褶湘裙煙縷細一鈎羅襪素蟾彎綠箋紅豆憶前

歡

又

閒弄箏絃嬾繫裙鉛華銷盡見天真眼波低處事還新

悵恨不逢如意酒尋思難值有情人可憐虛度鎖窗

春

又

團扇初隨碧簟收畫簾歸燕尚遲留靨朱眉翠喜清秋
風意未應迷狹路燈痕猶自記高樓露花煙葉與人
愁

又

翠閣朱闌倚處危夜涼閒捻彩簫吹曲中雙鳳已分飛
緑酒細傾銷别恨紅箋小寫問歸期月華風意似當
時

又

唱得紅梅字字香柳枝桃葉盡深藏遏雲聲裏送雕觴
纔聽便拚衣袖溼欲歌先倚黛眉長曲終敲損燕釵
梁

又

小杏春聲學浪仙疎梅清唱替哀絃似花如雪繞瓊筵
腮粉月痕粧罷後腮紅蓮豔酒醒前今年新調得人
憐

又

銅虎分符領外臺五雲深處彩旌來春隨紅旆過長淮
千里襦褵添舊暖萬家桃李間新栽使星回首是三
台

又

浦口蓮香夜不收水邊風裏欲生秋棹歌聲細不驚鷗
涼月送歸思往事落英飄去起新愁可堪題葉寄東
樓

又

莫問逢春能幾回能歌能笑是多才露花猶有好枝開
綠鬢舊人皆老大紅梁新燕又歸來儘須珍重掌中
盃

六公令

綠陰春盡飛絮遶香閣晚來翠眉宮樣巧把遠山學一
寸狂心未說已向橫波覺畫簾遮匝新翻曲妙暗許閒
人帶偷掐　前度書多隱語意淺愁難答昨夜詩有回

紋韻險還慵押都待笙歌散了記取留時霎不消紅蠟閒雲歸後月在庭花舊闌角

又

雲殘風信悠颺春消息天涯倚樓新恨楊柳幾絲碧還是南雲雁少錦字無端的寶釵瑶席彩絃聲裏拚作尊前未歸客　遥想疎梅此際月底香英折别後誰繞前溪手揀繁枝摘莫道傷高恨遠付與臨風笛儘堪愁寂花時往事更有多情箇人憶

又

日高春睡喚起嬾裝束年年落花時候慣得嬌眠足學唱宫梅便好更暎銀箎逐黛娥低緑堪教人恨却似江南舊時曲　常記東樓夜雪翠幕遮紅燭還是芳酒盃中一醉光陰促曾笑陽臺夢短無計憐香玉此歡難續乞求歌罷借取歸雲畫堂宿

更漏子

檻花稀地草徧冷落吹笙庭院人去日燕西飛燕歸人

未歸　數書期尋夢意彈指一年春事新悵望舊悲涼
不堪紅日長

又

柳間眠花裏醉不惜繡裙鋪地釵燕重鬢蟬輕一雙梅
子青　粉箋書羅袖淚還有可憐新意遮悶緑掩羞紅
晚來團扇風

又

柳絲長桃葉小深院斷無人到紅日淡緑煙晴流鶯三

兩聲　雪香濃檀暈少枕上卧枝花好春思重曉粧遲

尋思殘夢時

又

露華高風信遠宿醉畫簾低捲梳洗倦冶遊慵綠窗春

睡濃　綵條輕金縷重昨日小橋相送芳草恨落花愁

去年同倚樓

又

出牆花當路柳借問芳心可否紅解笑綠能顰千般惱

亂春　北來人南去客朝暮等閒攀折憐晚秀惜殘陽

情知枉斷腸

又

欲論心先掩淚零落去年風味閒卧處不言時愁多只

自知　到情深俱是怨惟有夢中相見猶似舊奈人禁

偎人說寸心

御街行

年光正似花梢露彈指春還暮翠眉仙子望歸來倚徧

玉城珠樹豈知别後好風凉月往事無尋處　狂情錯向紅塵住忘了瑶臺路碧桃花蕊已應開欲伴彩雲飛去回思十載朱顔青鬢枉被浮名誤

又

街南緑樹春饒絮雪滿遊春路樹頭花豔雜嬌雲樹底人家朱戶北樓閒上疎簾高卷直見街南樹　闌干倚盡猶慵去幾度黄昏雨晚春盤馬踏青苔曾傍緑陰深駐落花猶在香屏空掩人面知何處

浪淘沙

高閣對橫塘新燕年光柳花殘夢隔瀟湘綠浦歸帆看不見還是斜陽 一笑解愁腸人會蛾粧藕絲衫袖鬱金香曳雪牽雲留客醉且伴春狂

又

小綠間長紅露蕋煙叢花開花落昔年同惟恨花前攜手處往事成空 山遠水重重一笑難逢已拚長在别離中霜鬢知他從此去幾度春風

又

麗曲醉思仙十二哀絃穠蛾疊柳臉紅蓮多少雨條煙葉恨紅淚離筵　行子惜流年鶗鴂枝邊吳堤春水艤蘭船南去北來今漸老難負尊前

又

翠幕綺筵張淑景難忘陽關聲巧遶雕梁美酒十分誰與共玉指持觴　曉枕夢高唐略話衷腸小山池院竹風涼明夜月圓簾四捲今夜思量

訴衷情

種花人自蕋宮來牽衣問小梅今年芳意無數何似應枝開　憑寄語謝瑶臺客無才粉香傳信玉盞開筵莫待春回

又

淨揩粧臉淺匀眉衫子素梅兒方無心緒梳洗閒淡也相宜　雲態度柳腰肢入相思夜來月底今日尊前未當佳期

又

渚蓮霜曉墜殘紅依約舊秋同玉人團扇恩淺一意恨西風　雲去住月朦朧夜寒濃此時還是淚墨書成未有歸鴻

又

憑觴靜憶去年秋桐落故溪頭詩成自寫紅葉和恨向東流　人脉脉水悠悠幾多愁雁書不到蝶夢無憑漫倚高樓

又

小梅風韻最妖嬈開處雪初消南枝欲附春信長恨隴人遥　閑記憶舊江臯路迢迢暗香浮動踈影横斜幾處溪橋

又

長因蕙草記羅裙緑腰沉水熏闌干曲處人靜曾共倚黄昏　風有韻月無痕暗消魂擬將幽恨試寫殘花寄與朝雲

又

御紗新製石榴裙沉香慢水熏越羅雙帶宫樣飛鷺碧波紋　隨錦字疊香芸寄文君繫來花下解向尊前誰伴朝雲

又

都人離恨滿歌筵清唱倚危絃星屏别後千里重見是何年　驄騎穩繡衣鮮欲朝天北人歡笑南國悲涼迎送金鞭

碧牡丹

翠袖疎紈扇涼葉催歸燕一夜西風幾處傷高懷遠細菊枝頭開嫩香還徧月痕依舊庭院事何限　悵望秋意晚離人鬢華將換靜憶天涯路北此情猶短試約鸞箋傳素期良願南雲應有新雁

望僊樓

小春花信日邊來未上江梅先拆今歲東君消息還自南枝得　素衣染盡天香玉酒添成國色一自故溪疎

隔腸斷長相憶

行香子

晚綠寒紅芳意匆匆惜年華今與誰同碧雲零落數字征鴻看渚蓮凋宮扇舊怨秋風　流波墜葉佳期何在想天教離恨無窮試將前事閑倚梧桐有銷魂處明月夜粉屏空

點絳唇

花信來時恨無人似花依舊又成春瘦折斷門前柳

天與多情不與長相守分飛後淚痕和酒沾了雙羅袖

又

明月征鞭又將南陌垂楊折自憐輕别拚得音塵絶

杏子枝邊倚徧闌干月依前缺去年時節舊事無人説

又

碧水東流漫題涼葉津頭寄謝娘春意臨水顰雙翠

日日驪歌空費行人淚成何計未知濃醉閒掩紅樓睡

又

粧席相逢旋匀紅淚歌金縷意中曾許欲共吹花去
長愛荷香柳色殷橋路留人住淡煙微雨好箇雙棲處

又

湖上西風露花啼處秋香老謝家春草唱得清商好
笑倚蘭舟轉盡新聲了煙波渺暮雲稀少一點涼蟾小

少年遊

緑勾闌畔黄昏淡月攜手對殘紅紗窗影裏朦朧春睡
繁杏小屏風 須愁別後天高海濶何處更相逢幸有

花前一盃芳酒歸計莫匆匆

又

西溪丹杏波前媚臉珠露與深匀南橋翠柳煙中愁黛絲雨惱嬌顰　常年此處聞歌殢酒曾對可憐人今夜相思水長山遠閒卧送殘春

又

離多最是東西流水終解兩相逢淺情終似行雲無定猶到夢魂中　可憐人意薄于雲水佳會更難重細想

從來斷腸多處不與這番同

又

西樓別後風高露冷無奈月分明飛鴻影裏擣衣砧外總是玉關情　王孫此際山重水遠何處賦西征金閨魂夢枉叮嚀尋盡短長亭

又

雕梁燕去裁詩寄遠庭院舊風流黃花醉了碧梧題罷閑卧對高秋　繁雲破後分明素月涼影掛金鈎有人

凝佇倚高樓新樣兩眉愁

虞美人

閒敲玉鐙隋堤路一笑開朱戸素雲凝澹月嬋娟門外鴨頭春水木蘭船　吹花拾蕋嬉遊慣天與相逢晚一聲長笛倚樓時應恨不題紅葉寄相思

又

飛花自有牽情處不向枝邊墜隨風飄蕩已堪愁更伴東流流水過秦樓　樓中翠黛含春怨閒倚闌干遍自

彈雙淚惜香紅暗恨玉顔光景與花同

又

曲闌干外天如水昨夜還曾倚初將明月比佳期長向月圓時候望人歸　羅衣著破前香在舊意誰教改一春離恨嬾調絃猶有兩行閒淚寶箏前

又

踈梅月下歌金縷憶共文君語更誰情淺似春風一夜滿枝新緑替殘紅　蘋香已有蓮開信兩槳佳期近採

蓮時節定來無醉後滿身花影倩人扶

又

玉簫吹徧煙花路小謝經年去更教誰畫遠山眉又是陌頭風細惱人時　時光不觧年年好葉上秋聲早可憐蝴蝶易分飛只有杏梁雙燕每來歸

又

秋風不似春風好一夜金英老更誰來凭曲闌干唯有鴈邊斜月照闗山　雙星舊約年年在笑盡人情改有

期無定是無期說與小雲新恨也低眉

又

小梅枝上東君信雪後花期近南枝開盡北枝開長被

隴頭遊子寄春來　年年衣袖年年淚堪為今朝意問

誰同是憶花人賺得小鳴眉黛也低顰

又

溼紅箋紙回紋字多少柔腸事去年雙燕欲歸時還是

碧雲千里錦書遲　南樓風月長依舊別恨無端有倩

誰橫笛倚危闌今夜落梅聲裏怨關山

又

一絃彈盡仙韶樂曾破千金學玉樓銀燭夜深深愁見曲中雙淚落千金　從來不奈離聲怨幾度朱絃斷未知誰鮮賞新音長是好風明月暗知心

採桑子

鞦韆散後朦朧月滿院人閒幾處雕闌一夜風吹杏粉殘　昭陽殿裏春衣就金縷初乾莫信朝寒明日花前

試舞看

又

花前獨占春風早長愛江梅秀豔清盃芳意先愁鳳管吹　尋香已落閒人後此恨難裁更晚須來却恐初開勝未開

又

蘆鞭墜徧楊花陌晚見珍珍疑是朝雲來作高唐夢裏人　應憐醉落樓中帽長帶歌塵試拂香茵畱解金鞭

睡過春

又

日高庭院楊花轉閒淡春風昨夜匆匆顰入遥山翠黛中金盆水冷菱花淨滿面殘紅欲洗猶慵絃上啼鳥此夜同

又 此闋向刻醜奴兒另編

日高庭院楊花轉閒淡春風鶯語惺憁似笑金屏昨夜空嬌慵未洗勻粧手閒印斜紅新恨重重都與年時

舊意同

又

征人去日慇懃囑莫負心期寒雁來時第一傳書慰別離　輕風織就機中素淚墨題詩欲寄相思日日高樓看雁飛

又

花時惱得瓊枝瘦半被殘香睡損梅粧紅淚今春第一行　風流笑伴相逢處白馬遊韁共折垂楊手撚芳條

又

春風不負年年信長趂花期小錦堂西紅杏初開第一枝　碧簫度曲留人醉昨夜歸遲恨短憑誰鶯語慇懃月落時

又

秋來更覺銷魂苦小字還稀坐想行思怎得相看似舊時　南樓把手憑肩處風月應知別後除非夢裏時時

得見伊

又

誰將一點凄凉意送入低眉畫箔閒垂多是今宵得睡遲　夜痕記盡窗間月曾誤心期準擬相思還是窗間記月時

又

宜春苑外樓堪倚雪意方濃雁影冥濛正共銀屏小景同　可無人解相思處昨夜東風梅蕊應紅知在誰家

錦字中

又

白蓮池上當時月今夜重圓曲水蘭船憶伴飛瓊看月眠　黃花綠酒分攜後淚溼吟箋舊事年年時節南湖

又採蓮

又

高吟爛醉淮西月詩酒相留明日歸舟碧藕花中醉過秋　文姬贈別雙團扇自寫銀鉤散盡離愁攜得清風

到別州

又

前歡幾處笙歌地長負登臨月幌風襟猶憶西樓著意深　鶯花見盡當時事應笑如今一寸愁心日日寒蟬夜夜砧

又

無端惱破桃源夢明月青樓玉膩花柔不學行雲易去留　應嫌衫袖前香冷重傍金虬歌扇風流遮盡歸時

翠黛愁

又

年時此夕東城見歡意匆匆明日還重却在樓臺縹緲
中 垂螺拂黛清歌女曾唱相逢秋月春風醉枕香衾
一歲中

又

雙螺未學同心綰已占歌名月白風清長倚昭華笛裏
聲 知音敲盡朱顏改寂莫時情一曲離亭借與青樓

忍淚聽

又

西樓月下當時見淚粉偷勻歌罷還顰恨隔爐煙看未真　別來樓外垂楊縷幾換青春倦客紅塵長記樓中粉淚人

又

非花非霧前時見滿眼嬌春淺笑微顰恨隔重簾看未真　慇懃借問家何處不在紅塵若是朝雲宜作今宵

夢裏人

又

當時月下分飛處依舊凄涼也會思量不道孤眠夜更長淚痕揾徧鴛鴦枕重繞迴廊月上東窗長到如今欲斷腸

又

湘妃浦口蓮開盡昨夜紅稀嬾過前溪閒艤扁舟看雁飛去年謝女池邊醉晚雨霏微記得歸時旋折新荷

蓋舞衣

又

別來長記西樓事結徧蘭衿遺恨重尋絃斷相如綠綺琴　何時一枕逍遥夜細話初心若問如今也似當年著意深

又

紅窗碧玉新名舊猶綰雙螺一寸秋波一斛明珠覺未多　小來竹馬同遊客慣聽清歌今日蹉跎惱亂工夫

暈翠蛾

又 此闋舊刻醜奴兒另編亦稍有異同曰日作閒道閒倚作方看應從作可憐

昭華鳳管知名久長閉簾櫳日日春慵閒倚庭花暈臉紅 應從金谷無人後此會相逢三弄臨風送得當筵玉醆空

又

金風玉露初涼夜秋草窗前淺醉閒眠一枕江風夢不圓 長情短恨難憑寄枉費紅箋試拂幺絃却恐琴心

可倩傳

又

心期昨夜尋思徧猶負慇懃齊斗堆金難買丹誠一寸真　須知枕上尊前意占得長春寄語東鄰似此相看有幾人

踏莎行

柳上煙歸池南雪盡東風漸有繁華信花開花謝蝶應知春來春去鶯能問　夢意猶疑心期欲近雲箋字字

縈方寸宿粧曾比杏腮紅憶人細把香英認

又

宿雨收塵朝霞破瞑風光暗許花期定玉人呵手試粧時粉香簾幙陰陰靜　斜雁朱絃孤鸞綠鏡傷春誤了尋芳信去年今日杏牆西啼鶯喚得閒愁醒

又

綠徑穿花紅樓壓水尋芳誤到蓬萊地玉顏人是蕊珠仙相逢展盡雙蛾翠　夢草閒眠流觴淺醉一春總見

瀛洲事別來雙燕又西飛無端不寄相思字

又

雲盡寒輕月斜煙重清懽猶計前時共迎風朱戶背燈開拂簷花影侵簾動　繡枕雙鴛香苣翠鳳從來往事都如夢傷心最是醉歸時眼前少箇人人送

留春令

畫屏天畔夢回依約十洲雲水手撚紅箋寄人書寫無限傷春事　別浦高樓曾漫倚對江南千里樓下分流

水聲中有當日凭高淚

又

採蓮舟上夜來陡覺十分秋意懊惱寒花暫時香與情淺人相似　玉蕊歌清招晚醉戀小橋風細水溼紅裙酒初消又記得南溪事

又

海棠風横醉中吹落香紅强半小粉多情怨飛絮仔細把殘春看　一抹濃檀秋水畔縷金衣新换鸚鵡盃深

豔歌遲更莫放人腸斷

清商怨

庭花香信春尚淺最玉樓先暖夢覺春衾江南依舊遠

回紋錦字暗剪漫寄與也應歸晚要問相思天涯猶

自短

長相思

長相思長相思若問相思甚了期除非相見時　長相

思長相思欲把相思說似誰淺情人不知

醉落魄

滿街斜月垂鞭自唱陽關徹斷盡柔腸歸思切都為人
人不許多時別　南橋昨夜風吹雪短長亭下征塵歇歸
時定有梅堪折欲把離愁細撚花枝説

又

鸞孤月缺兩春惆悵音塵絶如今若負當時節信道懽
緣枉向衣襟結　若問相思何處歇相逢便是相思徹
儘饒別後留心別也待相逢細把相思説

又

天教命薄青樓占得聲名惡對酒當歌尋思著月户星窗多少舊期約　相逢細語初心錯兩行紅淚尊前落霞觴且共深深酌惱亂春宵翠被都閒却

又

休休莫莫離多還是因緣惡有情無奈思量著月夜佳期近寫香箋約　心心口口長恨昨分飛容易當時錯後期休似前歡薄買斷青樓莫放春閒却

西江月

愁黛顰成月淺啼粧印得花殘只消鴛枕夜來閒曉鏡心情便嬾醉帽簷頭風細征衫袖口香寒綠江春水寄書難攜手佳期又晚

又

南苑垂鞭路冷西樓把袂人稀庭花猶有鬢邊枝且揷殘紅自醉畫幕涼催燕去香屏曉放雲歸依前青枕夢回時試問閒愁有幾

武陵春

綠蕙紅蘭芳信歇金蕋正風流應為詩人多怨秋花意與銷愁　梁王苑路香英密長記舊嬉遊曾看飛瓊戴滿頭浮動舞梁州

又

九日黄花如有意依舊滿珍叢誰似龍山秋興濃吹帽落西風　年年歲歲登髙節懽事旋成空幾處佳人此會同今在淚痕中

又

煙柳長堤知幾曲一曲一魂銷秋水無情天共遥愁送
木蘭橈　熏香繡被心情嬾期信轉迢迢記得來時倚
畫橋紅淚滿鮫綃

解佩令

玉堦秋感年華暗去掩深宫團扇無情緒記得當時自
剪下機中輕素點丹青畫成秦女　涼襟猶在朱絃未
改忍霜紈飄零何處自古悲凉是情事輕如雲雨倚么

縱恨長難訴

泛清波摘遍

催花雨小著柳風柔都似去年時候好露紅煙綠盡有狂情鬬春早長安道秋千影裏絲管聲中誰放豔陽輕過了倦客登臨暗惜花光陰恨多少　楚天渺歸思正如亂雲短夢未成芳草空把吳霜鬢華自悲清曉帝城杳雙鳳舊約漸虛孤鴻後期難到且趁朝花夜月翠尊

頻倒

歸田樂

試把花期數便早有感春情緒看即梅花吐願花更不謝春且長住只恐去　春去花開還不語此意年年春會否絳唇青鬢漸少花前語對花又記得舊曾遊處門外垂楊未飄絮

河滿子

對鏡偷匀玉筯背人學寫銀鈎繫誰紅豆羅帶角心情正著春遊那日楊花陌上多時杏子牆頭　眼底關山

無奈夢中雲雨空休問看幾許憐才意兩蛾藏盡離愁
難拚此回腸斷終須銷定紅樓

又

緑綺琴中心事齊紈扇上時光五陵年少渾薄倖輕如
曲水飄香夜夜魂銷夢峽年年淚盡啼湘　歸雁行邊
遠字驚鸞舞處離腸蕙樓多少鉛華在從來錯倚紅粧

可羨鄰姬十五金釵早嫁王昌

于飛樂

曉日當簾睡痕猶占香腮輕盈笑倚鸞臺暈殘紅勻宿翠滿鏡花開嬌蟬鬢畔插一枝淡蕋疎梅　每到春深多愁饒恨粧成𡡉下香階意中人從別後縈繫情懷良辰好景相思字喚不歸來

愁倚欄令

憑江閣看煙鴻恨春濃還有當年闌笛淚灑東風　時候草紅花綠斜陽外遠水溶溶渾似阿蓮雙枕畔畫屏中

又

花陰月柳梢鶯近清明長恨去年今夜雨灑離亭　枕上懐遠詩成紅箋紙小砑吳綾寄與征人教念遠莫無情

又

春羅薄酒醒寒夢初殘攲枕片時雲雨事已關山　樓上斜日闌干樓前路曾試雕鞍拚却一襟懐遠淚倚欄看

破陣子

柳下笙歌庭院花間姊妹秋千記得青樓當日事寫向紅窗夜月前憑誰寄小蓮　絳蠟等閒陪淚吳蠶到了纏綿綠鬢能供多少恨未肯無情比斷絃今年老去年

好女兒

綠徧西池梅子青時儘無端盡日東風惡更霏微細雨惱人離恨滿路春泥　應是行雲歸路有閒淚灑相思想旗亭望斷黃昏月又依前誤了紅箋香信翠袖歡期

又

酌酒慇懃儘更留春忍無情便賦餘花落待花前細把一春心事問箇人人　莫似花開還謝願芳意且常新倚嬌紅待得歡期定向水沉煙底金蓮影下睡過佳辰

兩同心

楚鄉春晚似入仙源拾翠處隨流水踏青路暗惹香塵心心在柳外青帘花下朱門　對景且醉芳樽莫話銷魂好意思曾同明月愁滋味最是黃昏相思處一紙紅

箋無限啼痕

滿庭芳

南苑吹花西樓題葉故園歡事重重凭闌秋思閒記舊相逢幾處歌雲夢雨可憐流水各西東別來久淺情未有錦字繫征鴻　年光還少味開殘檻菊落盡溪桐漫留得尊前淡月西風此恨難堪共說清愁付綠酒盃中佳期在歸時待把香袖看啼紅

風入松

柳陰庭院杏梢牆依舊巫陽鳳簫已遠青樓在水沉難復暝前香臨鏡舞鸞離照倚箏飛雁辭行　墜鞭人意自悽涼淚眼回腸斷雲殘雨當年事到如今幾處難忘兩袖曉風花陌一簾夜月蘭堂

又

心心念念憶相逢別恨誰濃就中懊惱難拚處是擘釵分鈿匆匆却似桃源路失落花空記前蹤　彩箋書盡浣溪紅深意難通強懽殢酒圖消遣到醒來愁悶還重

若是初心未改多應此意須同

秋蕊香

池苑清陰欲就還傍送春時候眼中人去歡難偶誰共一盃芳酒　朱闌碧砌皆如舊記攜手有情不管别離久情在相逢終有

又

歌徹郎君秋草别恨遠山眉小無情莫把多情惱第一歸來須早　紅塵自古長安道故人少相思不比相逢

好此別朱顔應老

思遠人

紅葉黄花秋意晚千里念行客飛雲過盡歸鴻無信何處寄書得　淚彈不盡臨窗滴就硯旋研墨漸寫到别來此情深處紅箋為無色

鳳孤飛

一曲畫樓鐘動宛轉歌聲緩綺席飛塵座滿更小待金蕉㬠　細雨輕寒今夜短依前是粉牆别館端的㩲期

應未晚奈歸雲難管

慶春時

倚天樓殿昇平風月彩仗春移鸞絲鳳竹長生調裏迎得翠輿歸 雕鞍遊罷何處還有心期濃熏翠被深停畫燭人約月西時

又

梅梢已有春來音信風意猶寒南樓暮雪無人共賞閑却玉欄干 慇懃今夜凉月還似眉彎尊前為把桃根

麗曲重倚四絃看

喜團圓

危樓靜鎖窗中遠岫門外垂楊珠簾不禁春風度解偷送餘香　眠思夢想不如雙燕得到蘭房別來只是憑高淚眼感舊離腸

補亡一編補樂府之亡也叔原往者浮沉酒中病世之歌詞不足以析酲解慍試續南部諸賢餘緒作五七字語期以自娛不獨敘其所懷兼寫一時

盃酒閒聞見所同遊者意中事嘗思感物之情古今不易竊以為篇中之意昔人所不遺第于今無傳爾故今所製通以補亡名之始時沈十二廉叔陳十君寵家有蓮鴻蘋雲品清謳娛客每得一解即以草授諸兒吾三人持酒聽之為一笑樂已而君寵疾廢卧家廉叔下世昔之狂篇醉句遂與兩家歌兒酒使俱流轉于人間自爾郵傳滋多積有竄易七月已巳為高平公綴緝成編追維往昔過

從飲酒之人或壠木已長或病不偶攷其篇中所紀悲歡離合之事如幻如電如昨夢前塵但能掩卷憮然感光陰之易遷嘆境緣之無實也

諸名勝詞集刪選相半獨小山集直逼花間字字娉娉嫋嫋如攬嬙施之袂恨不能起蓮鴻蘋雲按紅牙板唱和一過晏氏父子具足追配李氏父子云古虞毛晉記

欽定四庫全書

小山詞